Ye

2176

A MONSEIGNEVR

LE PRINCE DE CONDE',

PREMIER PRINCE DV SANG,

& premier Pair de France.

M. DC. XXI.

A MONSEIGNEVR LE PRINCE DE CONDE,

PREMIER PRINCE DV SANG,
& premier Pair de France.

MONSEIGNEVR,

Le deuoir & l'affection m'ont faict tracer ces lignes a voftre loüange: fi les vers font nus & fimples, ie pren mon excufe fur ce que i'ay veu peindre ainfi les graces & la verité : Ie fçay que les grands & fçauants Princes, comme vous dédaignent les termes hiperboliques , car ils fe cognoiffent hommes par la fueur &

la peine : auſſi ne diſ-je rien par mes vers que vous ne faciez mieux cognoiſtre par vos actions: Ces hauts & graves conſeils dignes d'vn ſi noble Prince, pour les donner, & d'vn Roy ſi iuſte pour les executer, deuoient ſeruir d'aſſez amples ſuiets pour éleuer mon ſtile : mais i'ay mieux aymé faire croire à la poſterité, que i'avoy beaucoup moins de ſoin d'enrichir mon ouvrage, que ie nay de zelle pour vous témoigner à l'exemple des miens, que ie ſuis

MONSEIGNEVR,

A MONSEIGNEVR
LE PRINCE.

ODE

EN fin i'ay franchi la barriere,
Pour laiſſer loin bien loin derriere,
Ceux qui tendoient à meſme but,
Quand ils viendront deſſur Parnaſſe,
Ils n'auront rien que le rebut
Des belles fleurs que i'y ramaſſe.
Grand Prince ie veux de ces fleurs,
Riches de diuerſes couleurs,
Te compoſer vne guirlande,
Que le temps ne pourra ſecher,
Afin que tout le monde entende,
Iuſqu'où ta gloire à peu toucher.

Ie ne veux point que le mensonge
Ombre d'vn fantastique songe,
Soit icy sujet de mes vers,
Ni que tant de vertus etranges,
Dont les tiens ont peint l'Vniuers,
Seruent d'émail à tes loüanges.
Aidé de ta propre vertu,
Dont ton courage a combatu,
Parmi les excez du desordre,
Tu peux t'élever des autels,
Ou les siecles ne sçauroient mordre,
Non plus qu'à ceux des immortels.

Si le ciel auant ta naissance,
Eut jamais d'heureuse influance,
Qu'il reseruast pour les humains,
Se fut ce iour que l'ayant preste,
L'a donnant à grands pleines mains,
Il la versa dessus ta teste.
Tout ce que Charles eut d'exquis,
Ha! Charles qui nous eût acquis,
Tout ce que l'etranger possede,
Si ce miserable discord,
D'où notre mal encor procede,
N'eust trop tost auancé sa mort.

De François la vaillancé guerre,
Dont ton pere fut heritier:
Bref le principal aduantage,
De chacun d'eux en leur metier,
Tomba sur toy seul en partage.
Si bien que ceux qui t'ont cognu,
En conseil si vieil & chenu,
(Ton âge est pourtant manifeste,
Etant bien loin de son milieu)
Disent entreux qu'il ne te reste,
Que de te faire vn noueau Dieu.

Quelle tant merueilleuse adresse,
Auoient ces Heros que la Grece,
A monté si haut dans les cieux,
Quelle vertu particuliere
Auoient-ils pour ce faire dieux,
Qui ne te soit plus familiere?
Hercule d'entreux le plus fort,
A grand peine par son effort,
Curant les etables d'Augée,
Obtint le salaire promis:
Ou toy en bataille rangee
Tu vaincrois cent mille ennemis.

Combien as-tu vu de Centaures,
De Monstres & de Minotaures,
Combatant contre ta vertu;
N'as-tu pas vû dans sa cauerne,
Ce chien horriblement testu,
Qui garde le creux de Laverne:
Vn Prince ne sçauroit tousiours
Passer le serain de ses iours,
Sans estre troublé d'vn nuage:
Car icy bas l'aduersité
A bien plus de part en nostre âge,
Que n'a pas la fœlicité.

Mais quel loyer doy-ie pretendre,
De ta grandeur pensant te rendre,
Egal à ces simples guerriers,
Dont la gloire seroit petite,
Ou perduë auec leurs loriers,
Si d'autre qu'eux ne l'auoient dite,
Leur esprit aux corps attaché,
N'etoit comme le tien touché,
De l'ardeur qu'inspirent les Muses,
Les bons liures & les écrits,
Ou souuent gaillard tu t'amuses,
Sentoient leurs iniustes m'epris.

Vn

Vn rude & pesant coup d'épée,
Au sang d'vn ennemi trampee,
Ne sert au peuples que d'effroy,
Mais le sçauoir & le bien dire,
Sont propres qualitez de Roy,
Pour rendre immortel vn empire,
Pren toy mesme le lut en main,
Et passant ce vaillant Romain,
Qui se rendit si redoutable,
Chante grand Prince tes beaux faits:
Il n'appartient qu'à ton semblable,
De supporter vn si grand fais.

Qui penseroit sans arrogance,
Contre imiter ton eloquence,
Ou tu n'eus iamais de pareil,
Tu pousses tes raisons si fermes,
Qu'on ne voit personne au Conseil,
Qui puisse dire en si bons termes;
Ha! que le Roy fit sagement,
De fonder sur ton iugement,
Vne victoire si parfaitte,
Les grands Princes supots des Lois,
Par vne sciance secrette,
Sçauent seuls conseiller les Rois.

Le conſeil naiſt de la ſciance,
Le ſçauoir de l'experiance,
Pour ces deux, Neſtor fut priſé:
Mais cet Heros dont on fait feſte,
Deuant qu'eſtre bien aduiſé,
Contoit trois âges ſur ſa teſte.
Le plus ſouuent de ſes deuins,
Que les peuples croyent diuins,
Il tiroit toute ſa ſageſſe:
Mais ton eſprit pront & gaillard,
Tout ſeul au fort de ſa jeuneſſe,
Surpaſſe en conſeil ce vieillard.

Comme vn torrent à la deſcente,
Renuerſe ce qu'on luy preſente,
L'arrache & l'entreine apres ſoy,
Ton parler plus fort qu'vn tonnerre,
En fait penſer autant de toy,
Qand tu diſcours d'vn fait de guerre.
Les Capitaines enuieillis,
Au pourchas des loriers cueillis,
Auec la pointe de leur lance,
A ta voix remflament leurs cœurs,
Et premier que l'armee auance,
Ils s'aſſeurent d'eſtre vainqueurs.

Chacun d'eux souhaitte en son ame,
Loin de France, voir ceste flame,
Qui s'esprand au cœur des plus grands,
Qu'à son tour ton esprit trauaille,
Afin que pour toy sur les rangs
Il meure vainqueur en bataille:
Les François aux siecles passez,
D'vn desir de gloire poussez,
Marquerent bien loin leur victoire:
Puisse-tu Prince desormais,
En renouueller la memoire,
Par la suitte de tes hauts faits.

Diray-je point de quelle grace,
Tu sçay si bien vaincre l'audace
D'vne nouuelle opinion,
Si tost qu'vn foible esprit s'abuse,
Aux points de la Religion,
Tu sçais son defaut ou sa ruse,
Tu découures les beaux secrets,
Des bons liures Latins & Grecs,
Rien ne se cache à ta sciance,
Et les plus Doctes tous rauis,
Te tiennent des Princes de France,
Le plus sçavant depuis Clovis.

Ha Prince! ſi tu prens la peine,
D'oüir chanter notre neuaine,
Qui vint en France auec Baïf,
A qui Rapin donna la grace,
Et l'acoutrement ſi naïf,
Qu'on ne voit rien qui la ſurpaſſe,
Un dous eſpoir flate mes ſens,
Chatouillé de leurs dous accents
Ou la Poeſie ſe decouure,
Encloſe & libre ſous la loy,
Que tu la conduiras au Louure,
Pour chanter au Ballet du Roy.

Leur race auſſi bien que la tienne,
Venant du ciel eſt ancienne,
Le tige n'en eſt pas perdu,
Iupiter les tient pour ſes filles,
Et la Grece leur a rendu,
L'honneur qu'on doit aux grands familles,
Rome en'apres dont la grandeur,
A compris toute la rondeur,
Des deux Mers qui lechent la terre,
De meſme qu'aux Dieux immortels,
Comme elle eut mis fin à la guerre,
Leur dreſſa de riches autels.

La

La France, dont chacun s'étonne,
Toute seule les habandonne,
Et n'en peut dire la raison:
Elle permet que des seruantes,
Logent plutost dans la maison,
Que de belles filles sçavantes,
Leurs chants, qu'on dit estre contraints,
Sous ombre qu'on les à retraints,
Aux lois de l'ancienne mode,
Qui les rendoit toujours vainqueurs,
Sont propres pour chanter vne Ode,
Qui perse & raviſſe les cœurs.

O ſi ta grandeur me commande,
De mener chez toy cette bande,
Qui n'a rien de ſerf ny de bas,
Dés l'abort tu n'auras plus crainte,
Que la gloire de tes combats,
Puiſſe eſtre par le tems éteinte,
Mais ie ſuis preſſé de venir,
Aux ſouhaits ou ie veux finir,
De peur d'encourir la diſgrace,
D'abuſer de ton bel eſprit,
Ou que ma chanſon n'outrepaſſe,
Les bornes d'vn ſujet preſcrit.

C

Doncques braue & genereux Prince,
Premier sang de nostre Province,
Et par merite & par la loy :
Double qualité qui te marque :
Loin bien loin des états du Roy,
Puisse-tu te faire Monarque,
Mes souhaits seront accomplis,
Quand ie verray les fleurs de Lis
Renaitre aux quatres coins du monde :
Loüis d'Europe ait les remparts,
Son frere l'Asie feconde.
Mais choisis des deux autres pa...